Bodinier.

Sur la Nouvelle Instruction
de Mr Bigeon.

D. 1816

RÉFLEXIONS

SUR LA

NOUVELLE INSTRUCTION

DE

M. BIGEON,

PAR

P. M. A. Bodinier, D. M. P.

Ce n'est point en se livrant à de vaines théories qu'on parvient à répandre quelques lumières sur le traitement d'une maladie ; c'est en observant les faits avec exactitude et en comparant la marche de la nature dans les cas analogues. (PINEL , *Nos. phil. Traitement de la dysenterie* , T. 2. pag. 249.

A DINAN;

Chez J.–B.–T.–R. HUART, Imprimeur–Libraire.

1 8 1 6.

RÉPONSE

A

LA NOUVELLE INSTRUCTION
DE M. *BIGEON*.

Forcé de reprendre la plume, je n'essaierai pas de repousser la calomnie ; ses traits impuissans n'ont pu m'atteindre. Je n'imiterai point la licence de l'auteur qui a cherché à m'avilir aux yeux du public : je pourrais lui lancer des traits plus acérés que ceux qu'il a dirigés contre moi, je dédaigne un si douloureux avantage ; je lui abandonne des moyens que je méprise. Ils ne prouvent autre chose que l'égarement des passions, et jusqu'où peut descendre, entraîné par elles, celui que le serment d'Hippocrate eût dû, s'il en eût été bien pénétré, enchaîner invariablement au degré d'élévation qui convient à l'exercice de la profession la plus sublime.

Je veux montrer que ce n'est pas par des sophismes, par des assertions trompeuses, par des diatribes, que l'on détruit des vérités consacrées par l'expérience, proclamées par tous les bons praticiens avec lesquels j'ai au moins l'avantage d'être d'accord ; je veux, par une exposition simple et franche des faits qui ont précédé et déterminé la publication de mes réflexions critiques, prouver à M. Bigeon, que loin d'être agresseur, je n'ai fait que repousser une attaque qui, quoiqu'indirecte, n'était pas moins réelle : mais je veux écarter toute idée étrangère à mon sujet ; et si j'attaque les erreurs médicales, je respecte scrupuleusement l'homme privé.

J'ai la même vénération pour l'autorité de M. le Préfet, contre laquelle il semble qu'on ait voulu me mettre en rébellion, en affectant, surtout dans le titre de la nouvelle Instruction, de répéter que la première a été publiée par l'ordre de ce Magistrat, que je respecte trop pour croire que son nom puisse servir de palladium à l'erreur contre laquelle seulement sont dirigées mes réflexions critiques.

En indiquant la méthode de traitement que j'ai adoptée dans l'épidémie qui vient de désoler nos campagnes, en disant que presque tous les malades qui s'y sont conformés ont été guéris , ce qui est exact , je n'ai pas non plus prétendu faire mon éloge ; cette méthode ne m'appartient pas, elle n'est point l'enfant de mon génie ; je n'ai eu que le faible mérite d'en faire l'application en suivant les sentiers battus par les grands maîtres : je la défends avec chaleur , parce que j'en ai reconnu l'efficacité ; mais si j'avais été trompé dans mon attente, je l'aurais rejetée sans considération , et la crainte de diminuer la confiance dont j'ai besoin , sans doute , mais que je ne chercherai jamais à capter par des dehors trompeurs , à conserver aux dépens de ma conscience et de la vérité , ne m'eût point arrêté : je proclamerais à haute voix mon erreur, et je crois que c'est ainsi que doit agir le médecin qui n'a pour but que le soulagement de ses malades et les progrès de la science.

L'auteur de la nouvelle instruction sur la dysenterie n'a pu s'appuyer de l'autorité d'aucun praticien , ils lui sont tous contraires; mais il a présenté sous l'aspect séduisant de la candeur et de la vérité , des faits tirés de l'épidémie même. Ces faits, s'ils étaient authentiques , déposeraient en faveur de la médecine expectante , et s'élevant avec force contre le traitement que j'ai conseillé , m'accuseraient à juste titre , au nom de ses victimes , ou d'ignorance , ou d'obstination. Il faut les détruire ces faits ; il faut étouffer leur voix mensongère : et déchirant le voile qui les couvre, offrir à tous les yeux le spectacle de leur ridicule et impuissante nudité.

La tâche est facile : je vais essayer de la remplir avec toute la décence qui convient à mon sujet ; la simple vérité dirigera ma plume, et s'il restait encore quelque doute, loin de craindre, je provoque, au contraire, la sévérité du lecteur , en lui indiquant les sources où il peut puiser pour asseoir son jugement.

~~~~~~~~~~~~

La dysenterie se manifesta à Evran (1) , dès les premiers jours de

---

(1 (La commune d'Evran , située à 2 lieues Sud — Est de Dinan , se compose de plusieurs hameaux disséminés sur une surface de 3,000 hectares environ. Cette surface est inégale, coupée par deux rivières et un canal nouvellement crousé, qui conduit de Rennes
~~~~~~~~~~~~

Septembre. Dans peu, presque tous les hameaux qui forment cette commune, principalement ceux qui, situés dans les lieux bas et humides, favorisent davantage le développement et la propagation des maladies épidémiques, comptèrent un grand nombre de malades : de là elle s'étendit rapidement aux communes voisines, et bientôt cette cruelle maladie fit beaucoup de victimes.

C'était sur les indigens qu'elle sévissait de préférence. Déuués de tout, en proie à la plus profonde misère, comment eussent-ils pu lui résister? Il fallait venir à leur secours; il fallait éveiller la sollicitude des Magistrats sur leur sort; il fallait fixer leur attention sur le danger d'une semblable épidémie, si l'on n'opposait à ses progrès des moyens prompts et efficaces. Voilà ce qu'eût dû faire le médecin des épidémies; voilà ce que je crus devoir faire, puisque, jusqu'alors, il avait gardé le silence. Des secours furent ordonnés aussitôt, et je fus chargé d'en diriger l'administration.

Cependant l'épidémie allait toujours croissant, et au 3 Octobre, on comptait dans la seule commune d'Evran, 80 morts. Ce fut le jour où, en vertu de ma délégation, j'y fis ma première visite. J'acquis alors la triste certitude que bientôt le nécrologe se grossirait encore d'une trentaine de malades voués à une mort certaine, et contre la maladie desquels tout traitement devait nécessairement échouer. J'en avertis, peu de jours après, M. le Maire, à qui (j'en appelle à son témoignage) j'indiquai à peu près le terme de cette affligeante dépopulation.

à Dinan. La Rance coupe son territoire dans la partie occidentale, en fluant du Sud au Nord; elle a son lit dans une grande suite de prairies, qui forment un pays plat au milieu d'un vaste ravin. Linon, la seconde rivière, coupe aussi le territoire de cette commune, à peu près en deux parties égales, en fluant de l'Est à l'Ouest : elle se réunit bientôt à la Rance; elle a son lit dans une longue suite de prairies au bas d'un ravin un peu étroit. Le sol d'Evran, assez bien planté, se compose de prairies, pâturages et terres labourables. Les prairies, les pâturages, les landes, sont sur un fond de terre glaise : les terres labourables sont presque soutes fortes, mêlées de quartz, les unes sur un fond de schiste, les autres sur un fond d'argile. La partie Est de son territoire est élevée, tandis que la partie occidentale, dans laquelle se trouvent plusieurs grands hameaux, est basse, presque au niveau de la Rance, qui l'inonde fréquemment. Ici, comme dans toutes nos campagnes, les hameaux sont irréguliers, les maisons mal bâties, mal aspectées pour la plupart, au-dessous du niveau du sol, peu aérées, environnées de fumiers, d'eaux croupissantes. Les habitans malpropres, se nourrissent d'un pain de blé noir, mal cuit, qu'ils appellent galette, de pain d'orge, de lait de beurre et de viandes salées.

Je crus devoir adresser à MM. les Curés des communes où régnait la dysenterie, une instruction simple ; je dis simple, puisque parlant vaguement des moyens curatifs dont la prescription n'appartient qu'aux gens de l'art, j'insistais fortement sur les soins de propreté, sur la diète et surtout sur la nécessité de réclamer des secours dès que l'on sentirait les premières atteintes de la maladie. Celle que j'adressai à M. le Curé d'Evran, était accompagnée d'une lettre respectueuse, dans laquelle je lui parlais, il est vrai, de la dissidence d'opinion entre M. Bigeon et moi. Elle ne contenait rien que de flatteur pour ce médecin, et je n'ai jamais dit que j'étais dans l'intention d'agir en opposition avec ses principes, ce qui eût été une puérilité. M. Bigeon a peut-être mis un peu trop légèrement en scène des personnes qui ne devaient point figurer dans cette discussion ; c'est compromettre gratuitement la dignité de leur caractère. Je suis persuadé que M. le Curé d'Evran n'a point interprété ma lettre comme l'auteur de l'instruction sur la dysenterie ; je suis convaincu que ni ce respectable Pasteur, ni MM. ses Vicaires, en annonçant qu'il ne restait plus dans leur commune, au 8 Novembre, que des diarrhées, n'ont point ajouté que ces diarrhées étoient la suite de l'administration des évacuans ; je suis encore persuadé que quand même ils eussent pu affirmer cette proposition avec connaissance de cause, la charité qui les anime les eût empêchés de l'écrire, s'ils eussent cru que l'on en eût tiré parti pour me nuire. On a donc surpris leur bonne foi en leur demandant l'état de l'épidémie, d'autant mieux qu'on pouvait et qu'on devait me consulter seul à cet égard. J'en dirai autant de M. Escallot, que je respecte trop pour n'être pas convaincu qu'il n'a jamais eu l'intention, en donnant l'état de l'épidémie, de dire, comme M. Bigeon a voulu l'insinuer, que j'ai traité tous les malades des communes de Tressaint et Lanvallay, et que je suis la cause de la mort du plus grand nombre.

Je certifie qu'en donnant la liste des décès que M. Bigeon m'a demandée, je n'ai point en dessein de dire que M. Bodinier a traité tous les malades de ma paroisse, et même j'ai la connaissance du contraire.

A Lanvallay, ce 17 Janvier 1816.

ESCALLOT, *Prêtre.*

Je vais bientôt faire voir que tout ce qu'on m'objecte est marqué au coin de la mauvaise foi ou de l'erreur. Je reprends les faits.

Vers le 7 Octobre, M. Bigeon qui n'ignorait pas ma délégation, vint avertir M. le Sous-Préfet, qu'il existait une épidémie dysentérique, réclamer ses droits de médecin des épidémies, et demander toutefois de m'associer à ses travaux. Je fus prié de me transporter à la Sous-Préfecture, où, faisant abnégation de tout amour propre, n'ayant d'autre ambition que celle de concourir de tout mon pouvoir au soulagement des malades, je consentis sans peine à les traiter de concert avec M. Bigeon. Il fallait s'entendre sur le traitement : l'auteur des réflexions sur l'abus des évacuans, ou plutôt de leur proscription, les rejeta du traitement de la dysenterie. J'eus beau citer en faveur des émétiques et des laxatifs administrés sagement et avec reserve, l'autorité des plus célèbres praticiens, il ne fut point ébranlé : enfin j'appelai de leur témoignage à l'expérience ; il ne voulut point tenter l'épreuve, et il renonça solennellement, en présence de M. le Sous-Préfet, au traitement de l'épidémie.

Cependant après une seconde entrevue, dans laquelle je priai instamment M. Bigeon de concourir au traitement des malades, lui représentant qu'il est dangereux d'être exclusif et qu'il fallait, en indiquant aux officiers de santé la marche à suivre, leur faire sentir les avantages et les dangers des évacuans dans la dysenterie ; que si, généralement ils sont utiles, ils peuvent aussi, administrés mal à propos, causer bien des maux ; les engager enfin à s'en abstenir dans les cas douteux, avant de nous consulter ; nous tombons d'accord, et l'heure de notre départ est fixée.

Déjà je me félicitais de la démarche que je venais de faire auprès de M. Bigeon ; mes vues étaient droites, et j'espérais, en fixant son attention sur les effets des évacuans observés au lit du malade, le ramener à des idées plus saines sur leur manière d'agir. C'est en vain : le lendemain je me rends à l'heure convenue ; celui qui, la veille, avait promis de collaborer avec moi, a changé d'avis : il me repète de nouveau qu'il ne veut en aucune manière se mêler de l'épidémie ; il m'allègue ses occupations, et s'il eût pu s'y livrer, me dit-il, ce n'eût été qu'en grand. Je compris facilement ce que signifiait *en grand* ; mais je ne pus concevoir quelles occupations peuvent empêcher un médecin des épidémies de voir des malades indigens, lorsqu'une épidémie s'est manifestée.

M. Bigeon dissimulait-il ? Voulait-il être rétabli avec plus d'éclat dans la plénitude de ses attributions ; ou bien est-ce, comme il le dit, le pur hasard qui le conduisit à Saint-Brieuc ? La lettre qu'il rapporta et qu'il n'a pas manqué de faire imprimer, résout parfaitement la question.

(6)

Quoiqu'il en soit, à son retour de Saint-Brieuc, M. Bigeon se hâta de solliciter l'exécution de cette lettre de M. le Préfet. J'offris alors de remettre les malades qui restaient encore dans les cantons de Saint-Jouan et Evran, et si je continuai de les traiter, ce fut par déférence, mais à condition que moi seul je dirigerais le traitement. Je dus être étonné d'apprendre que M. Bigeon, au mépris des égards que l'on se doit mutuellement, avait adressé à MM. les Maires et Curés des communes de mon ressort, une instruction qui contenait des principes en opposition au traitement que j'administrais. L'envoi de cette instruction dont on m'avoit caché soigneusement la teneur, pouvait-il avoir d'autre but que de faire naître des doutes sur l'opportunité des moyens employés et d'en contrarier l'exécution?

Je le demande maintenant du lecteur impartial, car je ne sollicite point sa bienveillance, la vérité n'en a pas besoin; n'est-ce pas là une agression de la part de M. Bigeon? Verra-t-on dans ma conduite, l'homme qui a cherché à tromper la religion des magistrats, à usurper le titre de médecin des épidémies? Lequel de celui qui le revendique ou de moi, a mis de la loyauté dans sa conduite?....

Telles sont les circonstances qui précédèrent la publication de mes réflexions critiques. J'ai suffisamment indiqué dans l'avant-propos, les raisons de cette publication. Je ne m'attendais pas que l'on m'eût accusé de dissimulation : les causes de mon mécontentement étaient, ce me semble, assez clairement exprimées; mais si, pour les rendre plus palpables à M. Bigeon, il fallait s'abaisser au langage du bachélier de Molière, je les lui expliquerais comme ce néophyte expliqua la vertu soporifique de l'opium.

Il me reste à répondre aux différentes objections alléguées contre les principes que j'ai émis, à réduire à leur juste valeur les faits qui servent de base à la doctrine qu'on leur oppose; mais auparavant, je dois relever de nouvelles erreurs relatives à des citations dont j'avais fait sentir l'inexactitude (1).

---

(1) C'est à tort que M. Bigeon me reproche la fausse application *Principiis obsta :* c'est une preuve qu'il me donne de plus qu'il est peu familier avec la langue latine. Il ne faut que comprendre le sens de cette sentence, pour savoir qu'elle n'est pas applicable aux causes des maladies....................*Serò médicina paratur;*
Cum mala per longas convaluere moras.

(7)

L'aphorisme de Sanctorius dont j'avais montré la fausse application à
l'auteur des Réflexions sur l'abus des évacuans, a un sens si clair, qu'il ne
faut que savoir son rudiment, pour le comprendre ; aussi ne croyais-je
pas que l'on eût osé avancer, avec l'espoir d'être cru, que Sanctorius a voulu,
par *In fluxu et vomitu*, dire : *In habitu fluxûs et vomitûs*. Dans cette
hypothèse, l'application aux effets subséquents des vomitifs, serait encore
mauvaise, car *In habitu fluxûs et vomitûs* suppose l'action permanente,
ou au moins sans cesse renaissante d'une cause qui détermine le vomissement
ou la diarrhée, tandis que la proposition à l'appui de laquelle la citation
a été faite, n'est relative qu'aux effets consécutifs de l'action passagère d'un
émétique : et si l'on voulait absolument que cet aphorisme de Sanctorius fût
applicable à l'état de la transpiration après les vomitifs, et favorisât
l'opinion émise à ce sujet, il fallait donc commenter par *Post habitum* et
non *In habitu*. Au resté, le commentaire de Lister, dit M. Bigeon, ne laisse
aucun doute. Je le crois ; mais c'est en vain qu'il a dénaturé ce commentaire :
il l'a rendu inintelligible sans être plus favorable à son opinion. Je rétablis
le texte afin que le lecteur puisse juger du peu d'exactitude que met dans
ses recherches et dans ses écrits, celui qui, *chargé de veiller sur la santé
de ses concitoyens, honoré de la confiance du Gouvernement, accueilli
favorablement par les sociétés savantes*, devrait sentir la tâche qu'imposent
de tels honneurs.

Voici le texte de Lister : *Materia insensibiliter post cibum sumptum
perspiranda, jam tum internè potius ad sthomachum et intestina fertur ;
nempè ex stimulatione fotuque quodam cibi; atque ita una ex primariis
concoctionis causis fit. In alvi verò dejectione vomituve idem, at multò
vehementius fit*, et non comme l'a écrit M. Bigeon : *Idem ac post cibum
sumptum, at multò vehementius fit*.

Il ne peut y avoir d'équivoque pour le nécrologe mis en opposition avec
la pratique de Stoll ; les faits sont détaillés, ce n'est plus un style aphoristique,
on ne peut le dénaturer par un fantasque commentaire ; et si M. Bigeon
se fût contenté d'avouer simplement son erreur, je n'en parlerais plus : *Errare
humanum est* ; mais c'est mal s'en tirer que se rejeter sur la distraction
et dire qu'on a attaché peu d'importance à la citation. M. R. Chamseru
ne jugeait pas ainsi et la crue d'un grand poids contre la pratique de Stoll,
orsqu'admettant sans vérification, un calcul dont l'auteur est forcé

d'avouer la fausseté, il dit dans ses réflexions adoptées par la commission des travaux de la Société académique de médecine de Paris, sur les observations de M. Gallereux, tendant à résoudre la question : *Peut-on avec Stoll, admettre des péripneumonies bilieuses?* « Quant à les admettre avec « Stoll, conformément à sa clinique, il nous paraît prudent de rabattre « beaucoup de sa médecine agissante, dans laquelle le médecin de Dinan, « M. Bigeon, a fait le calcul d'un nécrologe fort désavantageux.

Pouvais-je raisonnablement penser que cette citation n'était qu'un objet de luxe, et après les aveus de distraction et de négligence dont on a voulu couvrir une erreur impardonnable, peut-on, sans scrupule, citer à chaque instant, comme renfermant *des faits nombreux et incontestables*, un ouvrage qui fourmille de semblables erreurs ? (*Réflexions sur l'abus des évacuans*   (1).

Peut-être n'a-t-on pas attaché plus d'importance à la citation du nécrologe des communes soumises à ma direction; peut-être est-ce sans y réfléchir, que, comparant ce nécrologe à celui des communes dont il s'est chargé, M. Bigeon l'oppose à ma pratique pour prouver qu'elle est défectueuse. Si, comme il l'assure, j'avais vu tous les malades d'Evran; si tous les morts de cette commune avaient été, pauvres ou riches, traités par moi ou sous ma direction; si les malades confiés à MM. Postel, Le Tulle, la sœur Claire, etc., avaient été traités conformément à l'Instruction sur la dysenterie, qui, comme le dit l'auteur, renferme une méthode curative presqu'entièrement opposée à la mienne, le parallèle entre les nécrologes offrirait la preuve la plus convaincante de la nocuité des évacuans et de la supériorité de la médecine expectante; mais M. Bigeon ne sait-il pas que non-seulement je n'ai pas dû traiter tous les malades d'Evran, mais qu'encore il m'eût été impossible de le faire ? J'avais seulement le droit d'entrer chez les pauvres. Est-il besoin de dire que la dysenterie ayant débuté dans cette commune, dans une saison où l'on éprouve de grandes chaleurs, elle a dû y faire plus de ravages que dans celles où elle s'est manifestée plus tard ? Ne sait-on pas encore que MM. Postel, Le Tulle (2), et même la sœur Claire, sans égard à son

---

(1) En nous disant qu'il fallait se rapporter 16 pages plus loin, ce qui eût été pénible, M. Bigeon n'a pas vu qu'il nous donnait, sans y penser, le secret de son érudition.

(2) M. Le Tulle a été atteint de la dysenterie, et il s'est parfaitement trouvé de l'émétique dont il a usé et pour lui et pour ses malades.

Instruction, ont généralement employé les évacuans? Ils me l'ont dit, ils me l'ont écrit, et pour ne laisser aucun doute, je transcris littéralement une attestation de M. Postel.

Je certifie que pendant l'épidémie dysentérique qui a régné à *Pludihen*, *Saint-Helen* et *Saint-Solain*, j'ai reconnu en général l'utilité d'évacuer les matières nuisibles, d'en corriger l'acrimonie et de calmer les douléurs.

Je suis parvenu à remplir ce but par le régime et les médicamens appropriés, tels que les émétiques, les doux laxatifs et les calmans; et en cela, mon traitement s'est trouvé d'accord avec une consultation savante que firent les Médecins de Rennes, lors d'une semblable épidémie qui se fit sentir dans l'arrondissement de Montfort, en 1797, pour laquelle je fus désigné pour donner des soins aux malades.

Pludihen, le 27 Décembre 1815,

POSTEL, *Médecin.*

Il est maintenant démontré jusqu'à l'évidence que M. Bigeon n'a concouru en aucune manière au traitement des dysentériques de Pludihen, Saint-Helen, Saint-Solain, etc.; que les conséquences qu'il prétend tirer du nécrologe de ces communes contre la méthode que j'ai adoptée, sont fausses et de nulle valeur. Je vais lui prouver que je ne crains point de faire la statistique des communes où j'ai traité la dysentcrie, et que, dédaignant même d'user de tous mes avantages, je veux opposer à Saint-Solain, où toutes les chances sont réunies en faveur des malades, une des communes de mon arrondissement où la dysenterie avait fait le plus de ravages avant le 7 Octobre, jour où je commençai le traitement, et qui a contre elle les désavantages de la situation et du sol.

J'ai dit que tout était en faveur de Saint-Solain, 1.º parce que cette commune située sur le sommet d'un monticule, est, quoiqu'aspectée vers le Sud-Ouest, assainie par les courans d'air qui circulent librement, tandis que Calorguen est couvert de bois. 2.º Saint-Solain est sur le roc; la terre végétale qui le recouvre est légère et sablonneuse. La commune de Calorguen, quoiqu'élevée à l'Ouest, est marécageuse, coupée de plusieurs ruisseaux, bordée au Sud par la Rance; les chemins qui la coupent dans tous les sens, sont très-enfoncés, remplis d'eau. 3.º La commune de Saint-Solain se compose de trois hameaux très-rapprochés l'un de l'autre, ce qui était avantageux pour les malades qui, réunis, étaient plus à portée des secours, et pouvaient être surveillés sans cesse par M. Margely qui leur faisait et distribuait la tisane ; tandis qu'à Calorguen, les malades étaient disséminés sur une plus grande surface. 4.° Enfin parce que la dysenterie n'a commencé à régner à Saint-Solain qu'en Octobre, tandis qu'elle se manifesta à Calorguen vers le milieu du mois de Septembre.

SAINT-SOLAIN,

Le nombre des malades a été , jusqu'au 30 Novembre , 53. On ne dit point depuis quelle époque , ni combien ont été traités depuis le 20 Octobre. Avant ce jour il y avait eu 2 décès.

Le nombre des morts de la commune de Saint-Solain a été 6 ; ce qui établit avec les malades un rapport de 1 : à 8 $\frac{1}{6}$.

Des 6 décès de Saint-Solain , 3 sont des enfans au-dessous de 15 mois, un de 4 ans, un de 15 et une femme plus que septuagénaire.

CALORGUEN.

Le nombre des malades traités par M. Morvan , sous ma direction , depuis le 7 Octobre jusqu'au 20 Novembre , a été 33. Au 6 Octobre, on comptait dans cette commune , 31 morts de la dysenterie.

Le nombre des morts de la dysenterie , à Calorguen , a été 3, ce qui établit le rapport aux malades indigens traités par M. Morvan , de 1 : 11.

Ce rapport certifié par M. Colas , Desservant de Calorguen et M. Grignard , Maire, a été envoyé à M. le Préfet.

Des 3 morts de Calorguen , l'un est un enfant de 20 mois, l'autre de 6 ans et une femme de 63 ans, qui s'étant levée la nuit, tomba et resta 3 heures étendue sur la terre : on ne put la réchauffer.

A Evran, qui était le foyer de l'épidémie, j'ai traité , de concert avec M. Eloi, 242 malades. Je lui dois des éloges pour l'empressement qu'il a mis à me seconder. Nous avons perdu 53 malades ; mais j'ai déjà annoncé que 30 n'offraient, à ma première visite, que la triste perspective d'une mort certaine, et l'on ne peut raisonnablement compter que 23 morts sur 212 malades , ce qui établit le rapport de 1 : 9 $\frac{5}{21}$.

A Saint - André - des - Eaux, il y a eu 20 malades indigens, 5 morts· Rapport des morts aux malades, 1 : 4 (1).

---

(1) Cette commune située à demi-lieue Sud-Ouest d'Evran , est traversée par la Rance , au dessus du niveau de laquelle elle est élevée, dans sa partie Ouest, seulement d'un à deux mètres : elle est aquatique et sur un fond de terre glaise. La partie méridionale est un peu plus élevée ; la terre végétale recouvre un fond de pierre calcaire. Les hameaux qui se trouvent dans cette partie , ont eu moins de dysentériques.

A Saint-Juvat, le nombre des malades a été 67, celui des morts 7. Rapport des morts aux malades, 1 : 9 $\frac{4}{7}$.

A Trévron, M. Alain a vu 22 malades, 7 sont morts. Trois d'entr'eux n'ont point suivi le traitement, un autre est mort à la suite d'un remède violent donné par un empirique, ce qui réduit le nombre réel des malades traités à 18, celui des morts à 3. Proportion, 1 : 6.

A Saint-Carné et Bobital réunis, le nombre des malades indigens a été 60, celui des morts 6, dont 4 n'ont suivi aucun traitement; le cinquième était mourant, quand on réclama des secours. Reste : malades ayant suivi le traitement, 55. Morts, 1. Rapport des morts aux malades, 1 : 55.

Lanvallay et Tressaint réunis. — Malades indigens, 52; morts 4, dont un était mourant; le second mourut d'une rechute, il ne réclama aucun secours. Le nombre des malades traités est donc 30, celui des morts 2. Rapport des morts aux malades, 1 : 15.

Dinan et Léhon. — Malades traités, 12, morts, 0. (1).

TOTAL.

Des malades traités par moi dans les communes sus-dénommées, ... 448.	Des malades traités par MM. Postel, Le Tulle et la sœur Claire, etc. . . . 575.
Des morts, ... 44.	Des morts , ... 77.
Rapport général des morts aux malades, ci. . . . . 1 : 10 $\frac{1}{11}$.	Rapport général des morts aux malades. ci. . . . . 1 : 7 $\frac{1}{2}$.

Cet essai de statistique dont je garantis l'authenticité, est certifié par MM. les Maires et Curés de toutes les communes qui y sont désignées ; leurs certificats, que je crois inutile de faire imprimer, sont déposés à la Sous-Préfecture, ainsi que celui de M. Postel; chacun peut en prendre connaissance. On y trouvera aussi un Rapport de M. Guégain, médecin des

---

(1) Je ne parle pas de la commune de Plouasne, parce que je n'ai pas encore le rapport des morts aux malades traités. Le rapport que me fit passer M. La Sauce au 20 Octobre, établissait 84 dysentériques pauvres et autres, traités par lui et tous émétisés. — 7 sont morts. Dans le nombre des 77 guéris, étaient deux septuagénaires.

J'ai vu avec M. Le Marchand, dans le canton de Saint-Jouan, 58 dysentériques : pas un de ceux dont nous avons commencé le traitement n'a succombé.

épidémies , à Loudéac, sur uue semblable épidémie qui vient de régner dans quelques communes de cet arrondissement. Ce Rapport qui annonce les avantages que M. Guégain a retirés des émétiques et des laxatifs , est adressé à M. le Préfet, qui en a envoyé copie à la Sous-Préfecture de Dinan, afin que M. Bigeon en prît connaissance.

La différence des résultats annoncée dans la nouvelle Instruction est , comme on a pu s'en convaincre, à mon avantage ; et peut-être aussi en tirerais-je vanité, si j'avais la faiblesse de désirer d'autre récompense morale que le soulagement des malades qui me sont confiés. Cette différence ne tient point au traitement, puisqu'on a vu qu'il est le même que celui conseillé par MM. Postel , Le Tulle , etc., et qu'ils ont employé ce que M. Bigeon appelle une *médecine perturbatrice* ; mais aux circonstances dans lesquelles se sont trouvés les malades,

En quoi donc cette médecine est-elle perturbatrice ? M. Bigeon attend-il dans la dysenterie., une marche régulière de la nature vers la guérison ? Attend-il quelques efforts critiques ? Il suffit d'avoir observé quelques malades pour ne concevoir raisonnablement aucune espérance à cet égard. La médecine expectante est donc nuisible , puisqu'elle laisse au mal le temps de jeter des racines profondes , d'altérer d'une manière irréparable le tissu de nos organes. La médecine qui, s'occupant de combattre les complications, tend à ramener la maladie à son état de simplicité , ne lui est-elle pas préférable ? Pourquoi ne combattrait-on que la complication adynamique ou ataxique ? Et s'il est prouvé que presque toujours on rencontre l'embarras gastrique , même dans les dysenteries les plus simples , pourquoi ne pas y remédier directement par un vomitif ? Je conviens qu'il est des inflammations des yeux, de la gorge, de la plèvre du poumon qui reconnaissent les mêmes causes que la dysenterie ; aussi tiennent-elles du caractère catharral. C'est pour cela même que je crois , et l'observation le démontre chaque jour, que les émétiques sont favorables à leur guérison ; car si nous ne pouvons pas raisonnablement admettre la bile comme élément de ces inflammations , il n'est aucun méde in qui ne sache qu'elles cèdent facilement aux remèdes locaux , lorsqu'on a remédié à l'embarras gastrique.

La crainte de voir les malades s'exposer nus à l'air pendant l'action des vomitifs, arrêtera-t-elle le médecin ? Non, sans doute. Il dépendra de lui que cela n'arrive pas. Il suffit de faire voir le danger d'une telle imprudence et là crainte de la mort arrêtera toujours celui-là même qui a le moins de raison de tenir à la vie.

J'ai vu des malades périr victimes des évacuans donnés inconsidérément par certains hommes qui, au mépris des lois, distribuent des remèdes sans ordonnances : Est-ce une raison suffisante pour en proscrire l'usage sagement dirigé ? J'ai vu aussi mourir des malades à qui j'avais administré des vomitifs, et, au risque de me faire appliquer le *Post hoc, ergo propter hoc*, je ne crains pas de le dire : Je crois par là donner une preuve de la franchise que je mets dans l'exercice de la médecine. Je n'ai jamais prétendu dire que tous les malades qui prendraient des vomitifs seraient guéris. Quel est, d'ailleurs, le médecin qui oserait se flatter qu'il n'a pas commis d'erreurs, lorsqu'Hippocrate a dit lui-même : *Experientia fallax ?* Mais pour quelques cas semblables observés rarement, combien de fois n'ai-je pas vu, après les vomitifs, les douleurs se calmer, les selles cesser d'être sanguinolentes (1) ? Combien de fois n'ai-je pas vu, dans la même maison, mourir de malades qui n'avaient point eu recours aux vomitifs ? d'autres languir affaiblis par une diarrhée rebelle, accompagnée de douleurs plus ou moins vives, tandis que leurs parens, leurs frères, leurs sœurs étaient guéris promptement, s'ils en avaient fait usage dès les premiers jours de leur maladie ? J'ai fait observer cette différence à M. le Sous-Préfet, chez les malades mêmes, de la bouche desquels il a pu entendre la vérité.

Et qu'on ne vienne pas s'autoriser, pour proscrire les émétiques, de trois observations citées par le professeur Pinel, dans sa médecine clinique. Il est ridicule de mettre en parallèle une femme de 79 ans, affaiblie par l'âge et les chagrins, qui fut prise de la dysenterie après s'être exposée à une pluie abondante, et une autre âgée de 54 ans, chez laquelle, mettant encore à part

---

(1) J'ai eu souvent l'occasion de vérifier ce que disent les auteurs de l'article Dysenterie du Dictionnaire des sciences médicales ; savoir, que l'on voit souvent des dysenteries non compliquées se dissiper incontinent après l'action des vomitifs lorsqu'elle a été bien complette. La même chose n'arrive-t-elle pas souvent dans les péripneumonies bilieuses, et ne voit-on pas après l'action des vomitifs, la douleur de côté se dissiper ou au moins diminuer singulièrement, les chrachats cesser d'être sanguinolens ? Comment s'opère ce phénomène ? C'est un problème, mais il serait aussi absurde de le nier, que de révoquer en doute la vertu diaphorétique des vomitifs.

l'âge, on ne retrouve pas les mêmes causes de débilité. Il n'est pas étonnant que la première ait été plus long-temps malade. Ne serait-il pas aussi raisonnable de dire : Sans l'ipécacuanha elle fût morte ; que d'accuser cette substance émétique de la longueur de sa maladie ? Il n'est point, je pense, de médecin assez insensé pour prescrire un remède lorsqu'il saura que son administration est impossible. C'est donc une question oiseuse que de demander ce que M. Pinel eût fait en pareil cas. On ne répond point à de pareils argumens ; mais, parce que, dans des circonstances semblables, ce savant médecin a préféré s'abstenir des vomitifs que d'encourir les dangers d'une mauvaise administration, il ne faut pas en conclure qu'il ne les a pas crus nécessaires, car c'est supposer qu'il les a employés sans réflexion chez les dysentériques qui purent être admis à l'infirmerie, et nous savons tous que ce n'est pas sur lui que l'habitude a de l'empire.

Il est temps de me justifier du reproche de méchanceté que l'on m'adresse relativement à M. La Vergne, contre lequel, dit-on, j'ai lancé *des traits amers avec une arme mal trempée.* Je ne conçois pas qu'une arme mal trempée ait pu lancer des traits aussi amers ; mais qu'importe, je n'ai point eu l'intention de déchirer M. La Vergne que je respecte. Je n'ai rien dit qui pût nuire à la réputation de ce médecin, je la crois justement méritée. J'ai seulement usé du droit de critique, auquel se soumet bon gré mal gré, toute personne qui écrit. Il fallait détruire l'approbation donnée à l'Instruction sur la dysenterie, par un certificat dont la rédaction est, quoiqu'on dise, commune aux deux signataires, ou prouver qu'elle était de pure complaisance. La chose était facile. Je possède un mémoire de M. La Vergne sur la dysenterie qui a regné épidémiquement dans les environs de Lamballe ; j'ai mis les propres écrits de ce praticien en opposition avec lui-même, et si je me suis permis quelques réflexions sur l'usage qu'il a fait des vomitifs, il a dû, s'il est de bonne foi dans son approbation, en faire de beaucoup plus désagréables. A quoi alors attribuera-t-on les succès qu'il dit avoir obtenus de l'emploi de ces remèdes ?

J'avais cru jusqu'ici, avec tous les auteurs de matière médicale, que beaucoup de purgatifs étaient diurétiques. M. Alibert dans sa matière médicale, dit que cet effet tient peut être autant au phénomène de l'absorbtion de ces substances, qu'aux relations sympathiques du canal intestinal avec la vessie. Je ne m'attendais pas à les entendre accuser d'être cause de la.

dysurie que j'ai si fréquemment observée dans l'épidémie actuelle (1). Cette étiologie est tout au plus une science de garde-malades, et fait voir que l'on s'égare dans le dédale des hypothèses, quand on néglige de s'éclairer du flambeau de l'observation. La dysenterie que nous venons d'observer quelquefois simple, n'était-elle pas le plus souvent compliquée de fièvre muqueuse, d'affection vermineuse ? La dysurie, ou difficulté d'uriner, n'est-elle pas un symptôme fréquent de l'une et l'autre affection (2) ? Elle a été moins fréquente à Plouasne, où j'ai rencontré très-rarement la complication vermineuse, cependant le même traitement a été suivi ; et puisque j'ai dit en parlant des laxatifs, que souvent ils ont fait cesser la dysurie, ce symptôme existait donc avant leur administration, donc il n'en a pas été la conséquence. Maintenant, si l'on examine la teneur de ma proposition (les doux laxatifs employés *à propos*, dans le cours de la maladie), on croira sans peine que je n'ai pas dû les prescrire inconsidérément dans la période de plus grande irritation ; d'ailleurs n'ayant considéré les matières, qui, par leur séjour dans les intestins contractent de l'acrimonie, que comme des causes secondaires qui entretiennent l'irritation de la membrane qui les revêt, il en résulte naturellement que les laxatifs ne doivent être regardés que comme auxiliaires du traitement de la dysenterie.

J'ai rarement eu besoin, dans la dysenterie qui vient de régner, de recourir aux saignées locales ; jamais je n'ai prescrit les saignées générales, je les crois utiles cependant, pour calmer la violence des douleurs, lorsque la maladie ne tend point vers l'adynamie. On n'a pas osé me contester l'opportunité de ces moyens ainsi que des bains, de l'opium ; mais on les a cumulés sur le même malade, afin de rendre ridicule le traitement que j'ai conseillé. C'est en vain, et M. Bigeon a beau s'écrier : « Voilà donc « un traitement méthodique, une instruction simple, et d'une application

---

(1) Admettant que les urines et les selles se remplacent, ne devrait-on pas plutôt attribuer la dysurie à la fréquence quelquefois extrême des déjections, symptôme de la dysenterie, qu'à leur augmentation momentanée, effet d'un purgatif ?

(2) « Urine nulle ou très-abondante, limpide et jaune vers le début........ assez fréquemment « rendue avec douleur et difficulté ». (*Pinel nos. phil.*, tom 1.er page 115 — *descrip. gén. des fièvres muqueuses*) et plus haut. « Mais on y reconnaît le caractère général des fièvres « muqueuses.......... excrétion douloureuse de l'urine, etc..........

« facile pour les gens de la campagne » ! Il ne fera pas prendre le change : c'est à lui, et non aux gens de la campagne, que j'ai adressé mes réflexions critiques. Lorsque j'ai été appelé à traiter des malades, je me suis donné la peine de leur prescrire les remèdes le plus intelligiblement possible, j'en ai surveillé ou fait surveiller l'administration.

Si l'on renferme dans sa stricte acception le mot adynamie (privation de forces), elle est presque toujours la compagne de la dysenterie ; il est inutile d'en chercher la raison ailleurs que dans la maladie même. Douleurs vives, selles fréquentes, abstinence, insomnie, fièvre : que de causes de débilité ! Mais si l'on entend par complication adynamique, cet ensemble de symptômes, que les anciens appelaient peut-être avec raison, fièvre putride ; un traitement trop débilitant et intempestif peut la produire. A cet égard, M. Bigeon se trompe, je crois bien volontairement, car je n'ai jamais dit qu'elle a été fréquente à Evran, où je ne l'ai observée que sur quatre malades. Je le repète : j'ai retiré peu d'avantage, dans cette fâcheuse complication, des vésicatoires (1) et des toniques. Je ne prétends pas en inférer qu'ils ne sont jamais utiles dans la dysenterie, ni révoquer en doute les heureux effets qu'on en a obtenus ailleurs. Je ne parle que de l'épidémie actuelle (2).

J'avais dit peu de choses dans mes réflexions critiques, des vésicatoires, c'est pour avoir réfléchi sur leurs effets et parce que je les ai non-seulement observés sur les autres, mais encore sentis pour mon propre compte, que je les crois nuisibles dans certaines maladies, et je condamne l'abus qu'en font quelques médecins. J'avais gardé la même réserve à l'égard des toniques, me bornant à exposer simplement deux cas dans lesquels je les avais crus

---

1) Sans doute M. Bigeon était distrait ou pressé, lorsqu'il a lu le passage de l'article Dysenterie du dictionnaire des sciences médicales, qui recommande les synapismes et les vésicatoires ; il n'a pas eu le temps de remonter à la page 401, car il eût vu que ce conseil qu'il applique aux dysenteries aiguës n'est relatif qu'aux dysenteries chroniques.

(2) Les localités, les habitudes, le genre de vie, modifient singulièrement les maladies, et toutes ces circonstances donnent aux épidémies un caractère d'originalité qui les fait différer, quoique de même nature : elles doivent aussi influer sur le traitement et lui faire subir quelques modifications. C'est ce qui a fait dire à Hippocrate : *Considerare igitur oportet, et regionem et tempestatem et ætatem et morbos in quibus convenit, nec ne.* (*Hipp. aph* 2. *s.* 1.er)

nuisibles. Chez la malade de Léhon, surtout, j'ai été obligé d'y renoncer absolument après les avoir essayés graduellement ; car déjà elle avait fait usage de l'eau blanche rendue tonique par le quinquina, avant que j'eusse été appelé à lui donner des soins. La douleur et la fréquence des déjections m'engagèrent à y renoncer et à substituer au quinquina l'eau de fleurs d'orange qui ne réussit pas mieux. La malade mourut, et la douleur la plus vive était exprimée sur les traits grippés de son visage pendant une longue et cruelle agonie. Si M. Bigeon avait connu ces détails, il n'aurait pas avancé inconséquemment qu'on eût dû joindre des toniques plus forts à la décoction blanche, et je ne serais pas conduit à lui demander comment il conçoit qu'une décoction légère de pain puisse produire des tranchées par cela qu'elle n'est pas digérée, dans la dysenterie, où les boissons presque aussitôt rendues que prises, ne peuvent, dans un cours aussi rapide, contracter aucune propriété irritante.

Des 4 malades d'Evran sur lesquels j'ai observé la complication adynamique, l'un était fort mal lorsque je le vis pour la première fois : il périt malgré les vésicatoires, les synapismes, les toniques unis aux mucilagineux, les lavemens camphrés. Il n'avait pris ni vomitifs, ni purgatifs : il se nommait Goupil, et demeurait au hameau du Rufflais. La seconde, c'était une fille valétudinaire, mourut malgré l'usage des toniques et des rubéfians qui me paraissaient d'autant mieux indiqués qu'elle n'éprouvait aucune douleur ; seulement elle avait des selles fréquentes, noires et sanguinolentes. Elle prit un vomitif au début ; les matières qu'elle vomit étaient noires. La troisième, dont j'ai déjà parlé, avait la main et l'avant-bras gauche frappés de gangrène sèche, lorsque je fus appelé à la traiter. J'ai déjà dit qu'elle ne supporta pas les toniques. Un bon régime approprié à la faiblesse de ses organes digestifs, la jouissance des commodités de la vie, jusqu'alors inconnus pour elle (1), semblaient la

---

(1) En m'accusant d'avoir laissé manquer les malades qui m'étaient confiés, M. Bigeon n'a pas senti qu'il diminuait la force des argumens qu'il oppose à ce qu'il appelle méthode perturbatrice ; car on pourrait lui dire que les diarrhées et la faiblesse attribuées aux évacuans, devraient être imputées, avec plus de raison, à la pénurie dans laquelle ils ont été abandonnés. Mais le fait est faux : j'ai fait tout ce qui a dépendu de moi pour soulager ces malheureux malades. J'ai pensé que l'on pouvait généralement se passer de vin ; je donnais dans la convalescence, de légers toniques, et dans quelques cas rares où j'ai cru le vin nécessaire,

ranimer, et je conçus de l'espoir. La gangrène s'étant bornée, j'amputai. Déjà la belle couleur des chairs, la diminution de la suppuration, qui, d'abord fut très-abondante et de mauvaise nature, semblaient promettre une heureuse issue; mais elle fut ravie à nos soins presque subitement par le tétanos. Enfin le quatrième était un enfant, le neveu de M. Egault, desservant de Saint-André. Il a guéri et il n'a fait usage du vin qu'à sa convalescence. Ses parens lui en donnaient avant de m'avoir consulté; ils convinrent qu'il souffrait davantage après en avoir bu. Je leur défendis d'en donner davantage, sous peine de voir périr leur enfant.

Je pourrais, pour achever de convaincre le lecteur, citer quelques cas analogues, dans lesquels les toniques ont été nuisibles. Van den Bosch, *Hist. const. epid. vermimosæ, an.* 1760, 61, 62 *et initio anni* 1763, *edit, cap.* 4, *S^{on}.* 3, § LXXVIII : *Dysenteriæ autem, mucosæ, tam sæpè vermibus stipatæ alia ratio est, (medendi). Huic autem rarò cessit cortex peruvianus, quin et cum illo cui simaroubæ nomen imposuerunt, fluxum copiosiorem suscitarunt.* (1).

En 1804, année où une épidémie de fièvres putrides et malignes (gastro-adynamiques et ataxiques) , sévissait sur la commune d'Évran, je fus appelé à y traiter plusieurs malades. Deux d'entr'eux, au hameau de la Villegromy, me fixèrent principalement. L'un, nommé Guérin, bourrelier, âgé d'environ 36 ans, d'un tempéremment bilieux, d'une forte constitution, éprouva à un haut degré les symptômes de la fièvre gastro-adynamique (putride), pouls petit, mou et fréquent; langue, gencives et dents fuligineuses, déjections

---

les malades n'en ont pas manqué. J'ai trouvé dans l'ame charitable de plusieurs habitans des ressources inépuisables, et j'ai épargné cette dépense au Gouvernement. Au reste, M. le Sous-Préfet a pu s'en assurer, lorsque cédant au désir de savoir si les intentions bienfaisantes de S. M. envers les malheureux étaient remplies, il n'a pas craint de sacrifier à leur intérêt, le soin de sa propre conservation.

(1) On pourrait m'arguer de la mauvaise application de ce passage, puisque Van den Bosch ne parle que des dysenteries muqueuses; mais on sait que la fièvre muqueuse est souvent compliquée d'adynamie, et qu'elle a avec cette dernière tant d'affinités, que l'auteur de la Nos. phil. a placé près l'une de l'autre ces deux affections, dans lesquelles on reconnaît une atteinte profonde portée aux propriétés vitales; et c'est probablement de cas ou cette complication avait lieu, que parle l'auteur cité.

fréquentes et involontaires, noires et fétides, (le ventre n'était point météorisé), carphologie, soubresaut des tendons, délire quelquefois taciturne, quelquefois bruyant, paroxismes peu intenses. J'opposai à ces symptômes, avec persévérance, les toniques unis aux aromatiques, sous forme d'opiat ; les bols de nitre et de camphre, les lavemens toniques camphrés, les vésicatoires qui ne produisirent que des escharres gangréneuses. Tout fut inutile et même nuisible, comme l'histoire suivante le prouvera. Il mourut le 25e jour.

Sa sœur, âgée de 34 ans, environ, du même tempéremment, n'offrant que la différence du sexe, épuisée par les veilles, par le chagrin que lui causait la mort de son frère, tomba malade peu de jours après. Bientôt elle éprouva les mêmes symptômes que je combattis encore par le quinquina ; mais déjà j'avais conçu quelques doutes sur son efficacité. Je donnai plus d'attention à cette malade, et j'observai plus scrupuleusement l'effet des toniques. Je m'apperçus bientôt que la langue se desséchait de plus en plus, que les déjections étaient plus fréquentes. Je me demandai alors, si cette maladie n'était pas accompagnée d'une grande irritation de la muqueuse intestinale, et si cette diarrhée sans météorisme n'était pas plutôt la conséquence de l'inflammation, que de l'atonie du tube digestif ? Je conclus pour l'affirmative, et changeant de marche, je substituai aux toniques une solution de gomme arabique, avec addition de 20 gouttes de laudanum par pinte. L'événement me fit voir que mon raisonnement était fondé : à peine la malade eut-elle bu une pinte de cette tisane, que la langue s'humecta, les selles devinrent plus rares, et bientôt j'eus la satisfaction de la voir entrer en convalescence, pendant laquelle je pus revenir à l'usage des légers toniques. Depuis ce temps, j'ai eu plusieurs fois l'occasion de voir, soit dans les hôpitaux, soit dans le cours de ma pratique, la nocuité des toniques, toutes les fois qu'à l'asthénie, se joignait un état d'irritation du tube digestif.

L'expérience m'a appris aussi, que, dans des cas analogues, on doit combattre la complication vermineuse par les vermifuges peu irritans ; tels sont les huileux unis aux acides, le mercure doux. L'épidémie qui nous occupe me l'a démontré jusqu'à l'évidence. Il faut bien croire que l'ail a été souvent *opposé avec succès à la dysenterie.* Puisque M. Bigeon le dit, c'est que, probablement, il l'a observé (1); mais je crois qu'il est le seul médecin qui ait reconnu à cette substance très-âcre et très-irritante, des propriétés anti-dysentériques. Il est rarement employé comme vermifuge, et je le crois nuisible dans la dysenterie, quelque but que l'on se propose dans son emploi. On pourrait dire avec raison à celui qui prétend en avoir obtenu des succès, ce que Lower, cité par Zimmermann, adressait à un médecin : *Nemo, præter te unquam medicus, id se præstitisse scripsit, aut opinor, credidit ; verùm hoc tibi et patienti fortunâ, meliori quam pruxi contigit.* Écoutons d'ailleurs, sur le compte des uns et des autres, le sentiment de Praticiens célèbres, et jugeons ensuite.

« Les huileux, dit Desbois de Rochefort, sont aussi regardés comme de
« bons vermifuges, surtout l'huile de noix ; mais il n'y en a point qui soit
« aussi efficace que l'huile de ricin, ou *palma christi*, dont nous avons
« parlé ailleurs (2). Enfin presque tous les acides végétaux et même
« minéraux sont de très-bons vermifuges, comme le suc de citrons, de
« limons, le vinaigre, etc.............. ».

« Ces sucs acides se donnent comme vermifuges dans l'été et dans les
« fièvres putrides vermineuses, circonstances où des moyens irritans seraient
« dangereux ». (*Mat. med. tom. 2. pag.* 195).

« L'ail a une odeur très forte et une saveur piquante ; c'est un stimulant
« très-actif, et il doit spécialement ces qualités à un principe âcre très-
« volatil qu'il contient ».

« L'odeur et la saveur de l'ail sont désagréables à un grand nombre de
« personnes, et beaucoup d'estomacs ont une antipathie invincible pour cette
« substance : c'est sans doute pour ces raisons qu'on l'emploie rarement
« de nos jours, surtout à l'intérieur comme médicament, et que dans les ma-
« ladies où il peut être utile, on le remplace par des substances qui ont des

____

(1) Il est à ma connaissance que M. Crépel a donné à la fille de Dugis, serrurier, à Plouer, une décoction d'ail ; elle avait la dysenterie. Cette décoction lui causa des douleurs violentes et une chaleur d'entrailles telle qu'elle fut obligée d'y renoncer pour recourir aux émolliens.

. Le même M. Crépel a eu l'imprudence de donner, dans la dysenterie, des purgatifs irritans, tels que le jalap : il était proposé par M. Bigeon, au traitement des dysentériques de Plouër.

(2) Je n'ai point employé l'huile de *palma christi*, parce qu'elle est souvent sophistiquée, d'un prix élevé, et que beaucoup de malades éprouvent de la répugnance à en prendre à cause de sa spissitude.

« propriétés analogues. Si l'on excepte les affections vermineuses, où l'on
« donne encore quelquefois l'ail en décoction, etc............ L'ail est, pour
« ainsi dire, entièrement inusité à titre de médicament ». (*Hallé, Nyster,
Dict. des sciences médicales, art. Ail*).

J'ai dû faire voir le danger des applications froides sur les extrémités,
et M. Bigeon devait-il espérer que le public, à qui il adressait son instruction,
eût deviné que le cresson dût être appliqué chaud; puisque s'étant abstenu
de l'indiquer, on sera toujours porté à l'employer tel que la nature l'offre?
J'avais d'autant plus de raison de faire sentir le danger de ces applications
froides, que je venais d'en observer les mauvais effets sur trois malades
de la commune de Calorguen, (entr'autres le nommé Boschel, jeune
homme de 18 à 20 ans), qui sont tous morts les bras et les jambes bien
couvertes de cresson et le ventre d'une emplâtre de poix de Bourgogne.
On avait appliqué ce cresson froid, parce que le médecin ne s'était point
expliqué à cet égard. Le jeune Boschel, qui avait, avec la dysenterie, une
fièvre gastro-adynamique, buvait aussi du vin comme tonique. Les douleurs
de l'abdomen étaient très-violentes; il avait un délire féroce. Ce malade
n'étant point confié à mes soins, je ne me permis aucune réflexion sur
ce traitement; j'engageai seulement les parens à rendre compte à son médecin
de l'état de ce jeune homme.

Il serait bien coupable et bien indigne de sa profession, le médecin qui
sacrifiant impudemment à ses passions, à la basse jalousie dont son cœur
serait déchiré, l'intérêt de ses malades, proscrirait de sa pratique un remède
avantageux, par cela seul qu'un autre l'aurait indiqué. M. Bigeon me
connaît mal, et c'est sur d'autres bases que je règle ma conduite. Je les
blâme, ces fumigations muriatiques, non parce qu'il les a conseillées, mais
parce que ma conscience, à qui j'ai juré le serment d'Hyppocrate, les
réprouve. Je les blâme, parce que j'ai la conviction intime que, dans l'état
de choses, elles sont nuisibles aux malades, impraticables, et la dépense
des matériaux en pure perte. C'est à l'article Dysenterie que j'ai renvoyé
le lecteur pour ces fumigations: les auteurs de l'article Désinfectant ne
l'ont point traité sous le rapport de son application aux cas particuliers.
Or l'opinion des auteurs du premier article n'est pas favorable aux fumigations
muriatiques dégagées dans une chambre habitée par un malade. Ils
les réservent pour la partie prophylactique du traitement. Tous les

médecins savent que ce gaz très-expansible affecte désagréablement la poitrine de ceux qui le respirent. MM. Vauquelin et Fourcroy, cités par Beaumes (Traité de phthysie pulmonaire), se donnaient à volonté des rhumes en exposant leurs organes de la respiration au contact du gaz acide muriatique oxigéné. S'il restait encore quelques doutes sur le danger de ces fumigations dans la dysenterie, on pourrait vérifier le fait suivant. M. Roquelin, médecin distingué de cet arrondissement, distillait du gaz acide muriatique suroxigéné : la cornue se déluta et le gaz se répandit dans le laboratoire qui fut déserté bientôt après ; mais les personnes qui avaient été soumises au contact de ce gaz, éprouvèrent, pendant plusieurs jours, de la toux avec chaleur à la poitrine, et un dévoiement assez intense.

Maintenant que j'ai démontré l'inconvénient de ces fumigations oximuriatiques, si je demandais : Ont-elles bien la vertu désinfectante ? Avons-nous quelques données plausibles sur le mécanisme de la destruction des miasmes contagieux par les gaz acides ? On serait fort embarrassé pour me répondre d'une manière satisfaisante, et peut-être présentera-t-on encore sur la manière d'agir de ces fumigations (si bientôt elles ne tombent en désuétude) pour purifier l'air, de nouvelles explications qui détruiront les hypothèses déjà émises à ce sujet, sans présenter plus de certitude (1).

J'ai répondu dans ce mémoire aux différentes objections que l'on m'a présentées ; j'ai fait voir à quoi se réduisent les plus spécieuses. J'ai négligé de repousser l'imputation de charlatanisme, et je ne pense pas que ce soit à moi que s'adresse le reproche de s'assurer, en conseillant les évacuans, une rétribution plus forte (le secret de ma pratique est déposé chez tous les apothicaires). Cette pensée est indigne d'un médecin qui doit, avant toutes choses, ne songer qu'au soulagement du malade; mais il appartenait de la mettre au jour à celui-là seul, qui, confondant l'exercice de la médecine et le débit des remèdes, doit mieux connaître que personne les petits profits que procure ce commerce illicite. J'ai combattu les préjugés

---

(1) On lit avec intérêt un mémoire du Docteur Le Fort sur les fumigations : ce mémoire sert d'appendice à un autre du même médecin sur la contagion, couronné en Février 1815 par la Société académique de médecine de Paris. Si, après l'avoir lu, on n'est pas parfaitement convaincu qu'il faut renoncer à l'espoir de détruire les miasmes par les fumigations, il reste au moins beaucoup de doute sur leur efficacité. (*Voir le cahier du journal général de médecine, pour le mois de Mars* 1815).

de M. Bigeon sur les évacuans appliqués au traitement de la dysenterie, je n'ai jamais songé à faire la critique de l'ouvrage sur l'abus des évacuans. Si je l'essaye un jour, ce sera indirectement et seulement en publiant des observations sur l'avantage et les inconvéniens de ces remèdes. Je le ferai sans partialité ; et je crois que c'est une route plus sûre pour atteindre le but que l'auteur de ce mémoire s'est proposé, et que c'est montrer le terme où l'usage des évacuans devient un abus, qu'indiquer, et les cas où ils peuvent nuire, et ceux où ils sont favorables.

L'émétique joue un grand rôle dans la thérapeutique. Il a éprouvé le sort de toutes les découvertes, il a trouvé de puissans détracteurs, et des prôneurs enthousiastes. *C'était un furet, qui, s'insinuant jusques dans les replis les plus cachés de notre organisation, en chassait les portions de l'humeur peccante qui entretenait la maladie* ; mais enfin cet enthousiasme a fait place à des idées plus saines, plus conformes à la vérité sur les effets de ce remède C'est un de ces moyens héroïques dont la médecine pratique tire grand parti ; mais qui, appliqué à contre-temps, peut aussi causer des accidens graves. Un médecin ignorant, *dit Celse, en parlant des saignées*, peut se tromper dans l'emploi qu'il doit en faire ; mais il ne faut pas bannir tout ce qui exige de la réflexion et de la prudence ; c'est en cela au contraire, que consiste principalement l'art. (*Celse de re med. verâ*, *lib.* 2 *cap.* 6). On peut en dire autant de l'émétique. Quelqu'indiqué que soit ce remède dans une maladie, il est un temps de le placer hors lequel il devient contr'in-diqué : *Occasio præceps*. Il faut donc avoir le tact médical, tact qui ne s'enseigne point, que peuvent seuls donner l'habitude de voir des malades et un jugement sain ; tact que je ne me flatte point de posséder, mais que je cherche à acquérir chaque jour.

J'aime à croire qu'il n'a pas réfléchi, M. Bigeon, et qu'il n'était plus dans cet état de calme et de dignité qu'il annonce au commencement de son écrit, lorsqu'il a fait la critique de l'éloge bien sincère d'un confrère qui ne m'a jamais inspiré qu'amitié et respect. Si mes sentimens sont mal exprimés, ils sont fortement gravés dans mon cœur. On ne devait pas me reprocher l'intention. Je pardonne volontiers cette critique, que la passion seule a dictée.

Ici se termine ma carrière polémique, en attendant la fin de ma carrière médicale, dont je ne demande l'horoscope à personne, pas même à M. Bigeon.